Felix Römer

VERHINDERTER HELD

FELIX RÖMER

VERHINDERTER HELD

MACH DOCH!
ABER WENN NICHT,
HALT DIE FRESSE

LYRISCHE ALLTAGSBEWÄLTIGUNGEN

2. Auflage November 2015

© Satyr Verlag Volker Surmann, Berlin 2015
www.satyr-verlag.de

Cover und Illustrationen: Sarah Bosetti
Audioaufnahmen: Andreas Wild (www.videobuero.de)
Druck und Bindung: CPI books GmbH, Leck
Printed in Germany

Die Deutsche Nationalbibliothek verzeichnet diese Publikation in der Deutschen Nationalbibliografie; detaillierte bibliografische Daten sind im Internet abrufbar über: http://dnb.d-nb.de

Die Marke »Satyr Verlag« ist eingetragen auf den Verlagsgründer Peter Maassen.

ISBN: 978-3-944035-54-3

Inhalt

für Nadja

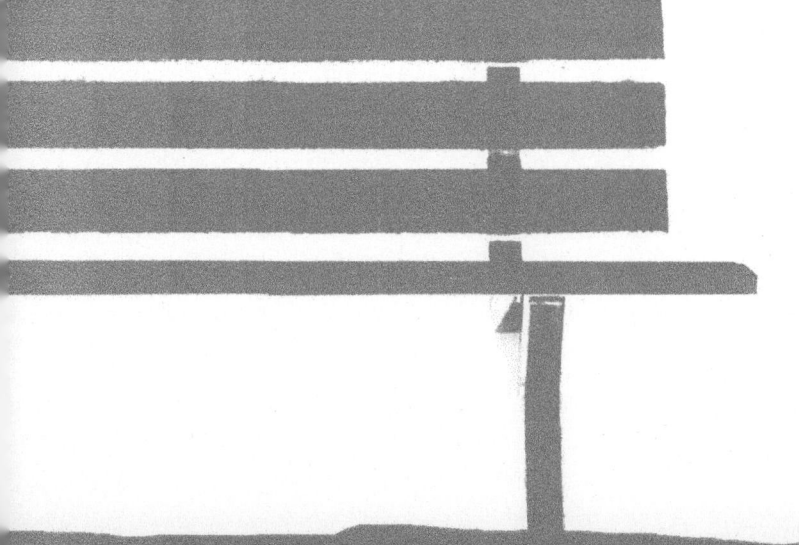

Vorwort

Lars Ruppel

Ich kenne Menschen, die sich in die Gedichte von Felix einwickeln, sich mit ihnen schützen, und Menschen, die sich mit seinen Gedichten Mut anlesen und trösten. Ich kenne Menschen, die seine Gedichte auswendig kennen, ich kenne selbst ein Gedicht von Felix auswendig.

Ich kenne Gedichte von Felix und Probleme von Menschen, die gut zueinander passen würden. Ich kenne Poetry-Slammer, die sich an den großen politischen und gesellschaftlichen Themen abarbeiten und doch nie die Relevanz der Gedichte von Felix erreichen werden. Endlich, endlich hat er seine Gedichte veröffentlicht. Aber echte Helden halten sich eben lieber im Hintergrund.

Ich kenne Menschen, die finden Felix' Gedichte pathetisch, aber die kamen meist einfach nicht darauf klar, dass sie sich selbst zwischen den Zeilen erkannt haben. Felix kennt die Untiefen zwischen den Zeilen des Lebens so gut wie kaum ein anderer.

Felix kennt sehr viele Gedichte großer Dichter auswendig,

was man in seinen Gedichten immer wieder erkennt. Er kennt Erhard und Kästner, Tucholsky und Thompson, Sebastian 23 und *Toxoplasma*. Er kennt den Klang der Dichter der Zeit und ist selber einer von ihnen. Er kennt sich aus in der Welt der poetischen Stilmittel und kennt sogar die Fachwörter für sie.

Seine Metrik ist die eines Herzschlags, zumindest habe ich das so erkannt. Er kennt sein Leben und das Leben seiner Freunde auswendig und schreibt darüber.

Ich habe Felix über seine Gedichte kennengelernt. Ich kenne Felix schon sehr lange. Er hat mir mal einen vollen Bierbecher ins Gesicht geworfen und ist wütend weggerannt. Wir wissen beide nicht mehr, warum, weil wir so rotzbesoffen waren, aber ich bin mir sicher, dass es ein Gedicht von Felix gibt, das als Soundtrack im Hintergrund gepasst hätte.

So ist das mit seinen Gedichten: Sie begleiten das Leben wie ein Mixtape auf einer Fahrt in einem alten VW-Bus voller Freunde auf dem Weg zu einem Poetry Slam, scheppern aus den Boxen und verschwinden mit dem Zigarettenrauch aus dem geöffneten Fenster in die Welt, wo sie hoffentlich von vielen Menschen gehört werden, die sie noch nicht kennen.

I.

Wie ich einmal fast wie die anderen geworden wäre

Oder: Alltag zweiter Klasse

Manchmal tröpfelt alles so vor sich hin,
Ein langsamer Zug ohne Halt. Ich sitz drin.
Keine großen Gefühle, noch nicht einmal Leid.
Ich schau aus dem Fenster, da entgleitet die Zeit.
Ja, soll sie vorbeizieh'n, es stört mich nicht mal,
Hier ist's klimatisiert, mir ist alles egal.

Es ist nicht mal schlecht, halt einfach nur Trott.
Keine Zweifel am Leben, keine Fragen nach Gott.

Ab und zu kommen Gedichte oder auch Lieder,
Die öffnen die Fenster, doch ich schließe sie wieder,
Denn der Wind schmeckt nach Aufbruch und Heimweh,
Ist so groß, dass ich mich dann ganz klein seh
Und dann bei Windstille nicht mal mehr einseh,
Dass ich ohne Frischluft bald eingeh.

Denk nur: Es ist nicht mal schlecht, halt einfach nur Trott.
Keine Zweifel am Leben, keine Fragen nach Gott.

Dabei weiß ich noch, wie's war, als ich zu Fuß ging,
Als das Weiterkommen alleine an mir hing.
Ich wusste damals, dass ich langsamer bin,
Aber auch, dass allein ich bestimme, wohin.
Und es bedrückte mich oft, genau das nicht zu wissen ...
Heut drückt nur mein Eigengewicht mich in die Kissen.

Es ist einfach nur Trott, ohne sich zu erheben.
Keine Zweifel an Gott, keine Fragen nach Leben.

So lass ich mich nun durch die Zeit transportieren,
Versuch noch, meine Passivität zu kaschieren,
Indem ich ein Buch les von der Freiheit nach allen Seiten,
Während die Räder stur die Gleise langgleiten,
Als sich endlich, endlich, die Frage mir stellt:
Wohin fährst du, verhinderter Held?
Und wieder weiß ich's nicht. Ich kann's nicht sagen,
Und dieses Gefühl, das ist nicht zu ertragen.
Und diesmal ist der Weg sogar noch bestimmt,
Ohne Möglichkeit, dass man Einfluss drauf nimmt.
Hier serviert man mir täglich Becher und Teller,
Mit Raucherabteil ging's vielleicht etwas schneller.
Ich kann mir nicht mal die Aussicht selber wählen,
Werd nie was Spannenderes als mein Nachbar erzählen.
Und man musste mich nicht mal zwingen,
In diesen beschissenen Zug zu springen ...

Und ich öffne das Fenster, und ich atme tief ein,
Und ich weiß, hier drin kann ich nicht länger sein!

Es ist gefährlich, aus fahrenden Zügen zu springen,
Aber besser, als sich langsam umzubringen.

Und ich springe und falle, und ich verletze mich schwer,
Die Schmerzen im Körper beleben mich sehr.
Ich zerreiß meine Kleider, verbinde die Wunden,
Ein Fluss, mich zu waschen, ist schnell gefunden,
Und nackt und sauber, vielleicht etwas entstellt,
Laufe ich jetzt wie neu durch ein Feld,
Verfall dabei schnell in einen himmlischen Trott,

Ohne Zweifel am Leben, ohne Fragen nach Gott.

Unschuld

Es ist wunderbar, dir zuzuseh'n
Die Leichtigkeit, mit der du den
Ernst des Lebens hintergehst
Und unschuldig in der Welt stehst

Diese Schuldlosigkeit, wünschte ich
Von ganzem Herzen, würde dich
Auf immer und ewig begleiten
Doch leider kommen bald andere Zeiten

Ob du dich schuldig machst oder nicht
Fällt dabei gar nicht ins Gewicht
Die Bäume, die jetzt deinen Namen nennen
Wirst, um dich zu wärmen, du verbrennen

Die Wolken, die du so liebst
In denen du Gebirge und Täler siehst
Wirst du nicht wiedererkennen
Wirst sie »Sauwetter« nennen

Und die Menschen, die dir so schön scheinen
Werden sich zu einem Klumpen vereinen
Der nichts weiter als beklemmend ist
An dem man jegliche Schönheit vermisst

Ach, warum kannst du nicht so bleiben
Warum wirst du dich deines Menschseins entkleiden

Doch jetzt lass es fließen
Tu nichts als genießen
Liebe die Spinnen und Ratten und Schlangen
Lieb deine Hände, die Haare und Wangen

Liebe das Leben, und liebe die Welt
In die du so schuldlos hineingestellt

Bis auf Weiteres bin ich dabei
Jetzt leben und lieben und spielen wir zwei
Und holen uns zusammen ein Stück
Meiner Kindheit zurück

Nur manchmal

Ich habe einfach mal probiert
Ohne groß zu überlegen
Habe gar nicht reflektiert
Ohne »warum«, nur mit »wegen«

Dachte immer, man muss warten
Und man merkt, was Größe hat
Doch viel Großes liegt im Zarten
Und man fährt es einfach platt

Weil man es nicht wichtig nimmt
Oder es in Wein ertränkt
Wo doch manchmal alles stimmt
Wenn man nicht so sehr nachdenkt

An einen Freund

Die Nacht, die hat uns heimgesucht
und wir uns eine Bar,
Du hast nicht mal zu seh'n versucht,
wie aufregend das war.

Wir war'n acht freie Geister
beiderlei Geschlechts,
das Dämmerlicht der Meister
hat nach uns gelechzt;

doch Du hast Dich auf einen Stuhl
ganz an den Rand geparkt
und nicktest immer halbwegs cool,
hat einer was gefragt.

Und irgendwann sagtest Du leise,
Du kämst dir heute vor wie Dreck,
auf jedes Mal die gleiche Weise
ging' man über Dich hinweg.

Doch da, wo Du jetzt bist, hast Du dich selber hingelenkt.
Falls Dir der Strick zu enge sitzt:
   Du hast dich selber aufgehängt.

Du bist seit Jahren dageblieben,
bei der, die Dich betrogen hat;
behauptetest, so sei's beim Lieben,
doch warst Du nur das Gehen satt;

hast stets gewusst, dass eben sie
auch nur aus Trägheit bei Dir ist,
doch Konsequenzen zogst Du nie.
Warum? Weil Du ein Feigling bist.

Selbst als sie Dir im Urlaub sagte,
bei Sonnenuntergang am Meer,
dass sie sich manchmal leise fragte,
wo ihre Liebe für Dich wär',

hast Du sie in den Arm genommen,
und blieb sie auch noch so starr,
und logst ihr: Das wird wiederkommen;
obwohl's doch längst zu Ende war.

Doch da, wo Du jetzt bist, hast Du dich selber hingelenkt.
Falls Dir der Strick zu enge sitzt:
   Du hast Dich selber aufgehängt.

Und jedes Mal kommst Du zu mir,
erzählst, wie bös' die Welt nur ist,
und ich, ja ich, ich lausche Dir.
und nehm von Dir den ganzen Mist.

Dann sitze ich mit Deinen Resten,
und alles stinkt um mich herum,
seh Dich geh'n mit weißen Westen
und steh da – verkauft: für dumm.

Und das, weil Du Deine Misere
nicht wirklich auch als solche nimmst
und Du nur in der Schwere
für Dein beschränktes Weltbild stimmst.

Du definierst Dich über Scheiße,
die Du zum Großteil selbst geschissen.
Hau ab! Hab eine gute Reise;
ein bisschen werd ich Dich vermissen.

Geh, egal wohin, Hauptsache ist: Du bist gegangen.
Geh, und nimm ein Messer mit,
          Du hast genug gehangen.

Audiolink:
http://satyr-verlag.de/audio/roemer1.mp3

Ach, Du
(für M)

Du bist nicht schlau
Du bist nicht dumm
Bist nicht zu laut
Du bist nicht stumm

Du bist nicht wolkig
Bist nicht heiter
Bist unterwegs
Und kommst nicht weiter

Hast nichts zu sagen
Nur zu meinen
Ich hab dich gern
Es ist zum Weinen

Das ist schon alles irgendwie okay so

Es ist ein unangenehmes Wachwerden. Eines, bei dem einem Steine auf den Augenlidern zu liegen scheinen und ein altes Karamellbonbon dazwischen. Wenn man nicht weiß, wo man ist, und erst recht nicht, warum. Bei dem der erste Kontakt zur Realität darin besteht, dass man begreift, getrunken zu haben. Eine Wüste im Mund und Schwierigkeiten, die Zunge vom Gaumen zu lösen. Ein Schraubstock am Kopf. Das T-Shirt gänzlich verschwitzt, sodass es wie ein nasser Lappen auf der Haut rutscht. Pissen müssen und duschen wollen. Ich öffne mühsam die Augen, stelle fest, dass ich zu Hause bin, und schleppe mich in die Dusche, um zu pissen. Dann mache ich das Radio im Badezimmer an und drehe das Wasser auf, manchmal hilft das, heute aber nicht. Das Wasser schlägt irgendwo weit außerhalb von mir auf die Haut auf.

Im Radio läuft ein Jingle, und ich muss kotzen. Irgendtwas muss ich heute Nacht noch gegessen haben, und es ist nicht leicht, die Brocken mit den Zehen in den Abfluss zu drücken.

Ich frage mich mal wieder, warum ich nichts gelernt habe aus all dem Scheiß. Warum ich immer noch morgens ein Quietschen im Atem habe, das sich anhört wie ein altes Windrad. Warum ich immer noch ausschließlich Kaffee und Kippen frühstücke, und warum ich immer noch rumhure, als gäbe es keine Liebe. Trotz der Kinder und trotz des Krebses. Seltsam, dass man sich dadurch nicht von selber ändert.

Ich ziehe das Hemd an, das ich im Bad finde, und merke, dass ich vergessen habe, den Rücken abzutrocknen. Den Kaffee trinke ich im Stehen, weil ich weiß, dass mir wieder schlecht wird, wenn ich mich setze. Ich weiß auch, dass ich mich vermutlich gerade erkälte, denn ein eisiger Wind zieht mir an den Rücken, aber ich will nicht zum Fenster gehen, um es zu schließen.

Das ist schon alles irgendwie okay so.

Ich verstehe nicht, warum im Radio immer noch *Roxette* gespielt wird. Ich kotze ins Spülbecken. Jetzt ist es wesentlich flüssiger, und es reicht, Wasser nachlaufen zu lassen und mit der Hand ein wenig nachzuwischen.

Dieser Suff war der überflüssigste seit Langem, denke ich, aber das habe ich vorgestern auch gedacht.

Die Flasche Wein steht noch auf dem Tisch. Ich habe sie geöffnet, als ich nach Hause kam. Allein war ich und wollte so tun, als sei das in Ordnung. Aber ich wollte nicht allein sein, eigentlich hatte ich mir gewünscht, dass diese Frau mit den langen Haaren und dem Geheimnis im Blick mit zu mir kommt. Doch zu sehr stand mir wohl gestern die Einsamkeit ins Gesicht geschrieben. Und irgendwann war ich auch einfach zu besoffen.

Wie hieß die noch mal ...

Ich gehe langsam in mein Zimmer zurück und stütze mich an den Türrahmen, trotzdem wanke ich und kippe mir Kaffee über die Brust. Das tut angenehm weh.

Ich lasse mich aufs Bett fallen. Im Radio läuft ein Lied wie alle anderen.

Ich kotze und drehe mich zur Seite, und mir wird klar, dass das Kotzen das am wenigsten Ekelhafte der letzten halben Stunde war.

Aber niemand hat mir was versprochen.

Das ist schon alles irgendwie okay so ...

Audiolink:
http://satyr-verlag.de/audio/roemer2.mp3

Blaupause

Ich trank so lange, bis ich nüchtern war
Ich wachte mir den Schlaf aus dem Leib
Ich schlug meinen Kopf so lange an die Wand,
bis das Denken nachließ
Ich stieß so lange, bis ich glaubte, dass ich liebte
Laut lachend und vor Schmerzen schreiend,
lebte ich mich beinahe zu Tode

Er laubt

Während ich von früher erzähle,
werde ich langsam dicker.
Trotzdem ich noch immer Umwege wähle,
kleid ich mich, glaube ich, schicker.

Trage jetzt öfter Halbschuhe
und schwer an der Vergangenheit,
will jetzt häufig meine Ruhe,
und hab stets zu wenig Zeit.

Die Bäume neigen sich gen Westen,
weil der Wind ihre Blätter biegt.
Er kommt aus dem Osten
und bläst aus den Ästen
die Nester.
Der Herbst hat gesiegt.

Mit ihr hab ich jetzt auch geschwiegen,
doch nicht der schönen Ruhe wegen,
nicht, weil Worte zu viel wiegen,
wenn wir sie in die Mitte legen.

Wir wussten einfach nichts zu sagen
und keine Fäden fein zu spinnen
und spürten, wie die alten Fragen
uns langsam durch die Finger rinnen.

Die Bäume neigen sich gen Westen,
weil der Wind ihre Blätter biegt.
Er kommt aus dem Osten
und bläst aus den Ästen
die Nester.
Der Herbst hat gesiegt.

Und ich schaue mich um, und mich friert,
ich ziehe die Jacke zu.
Wenn der Sommer die Kräfte verliert,
dann denk ich in einsamer Ruh:

Ich werde alt, ich bin allein,
und wo ich bin, will ich nicht sein.
Jetzt bleibt mir noch, mich umzusehen,
den Hut zu nehmen und zu gehen.

Die Bäume neigen sich gen Westen,
weil der Wind ihre Blätter biegt.
Er kommt aus dem Osten
und bläst aus den Ästen
die Nester.
Der Herbst hat gesiegt.

Langsam

»Ich habe mein Leben gelebt«,
sagtest Du,
und es klang nicht erfüllt,
aber auch nicht unzufrieden.
Es war noch keine wirkliche Bilanz.
Dass Du sie bald ziehen müsstest,
hattest Du noch nicht begriffen.
Viele Jahre sagtest Du schon solche Sachen:
»Was will ich denn noch hier?«,
»Ich freu mich auf meinen Bruder«,
und letztens sogar,
du glaubest nicht mehr an einen Lottogewinn.

»Ich habe mein Leben gelebt«,
sagtest Du
und meintest damit nicht, was gewesen ist;
Du sagtest mir, dass Du sterben wirst.
Sagtest nicht: »Lang hab ich eh nicht mehr.«

Sagtest nicht: »Irgendwann ist es halt zu Ende.«
Du sagtest mir, was Du versuchtest zu begreifen,
hofftest, Du verstehst es, wenn es ausgesprochen ist.
Es nahm Dir die Luft
und verklemmte Deine Seele.
Du würdest sterben,
endgültig und ... todsicher.

»Ich habe mein Leben gelebt«,
sagtest Du
und ahntest langsam,
dass es stimmt.
Der Schlauch,
den sie zwischen Deine Rippen geschoben hatten,
drückte und schmerzte bei jeder Bewegung;
literweise Flüssigkeit lief aus Dir heraus,
und das würde so bleiben, sagten sie;
ein erstes Loch im Körper,
das sie erst nach Deinem Tod schließen würden,
wenn überhaupt.
Ab jetzt begannst Du zu sterben.

»Ich habe mein Leben gelebt«,
sagtest Du.
Und meins auch,
denke ich heute.
Die reinste bedingungslose Liebe fand ich bei Dir,
die wichtigsten Bedürfnisse stilltest Du.

Du hinterfragtest selten.
Kompliziertes wolltest Du oft nicht verstehen.
Da fragtest Du lieber jemand anderes,
der es Dir zusammenfasste,
oder Du wartetest in dem Wissen,
dass es vorbeigeht.

»Ich habe mein Leben gelebt«,
sagtest Du,
und was so oft in Deinen Augen schimmerte,
wenn Du große Sätze sagtest:
dass Du mehr weißt, als die Worte sagen,
oder Du der Einzige bist, der weiß, ob sie stimmen,
dieses Geheimnis, das nur Du kanntest
und das man in Deinen Augen
und im Bart um Deinen Mund herum sehen konnte,
das kanntest Du jetzt nicht.
Diese Worte gingen Dir voraus,
und Du folgst ihnen:

»Ich habe mein Leben gelebt«,
sagtest Du,
und Du hattest Angst.
In Deinen Tränen
schwammen zu viele Emotionen
und zu viele Bilder
Deiner Lieben in Not.
Vom frühen Tod,

neben den Du Deinen legen willst,
von dem Bruder,
der so viel stärker war als Du.
Von dem so wenig blieb:
nur eine Hülle,
ein Bündel Leid,
unfähig zu sein, was er war,
obwohl er so sehr wollte.
Nur noch ein sich auflösender Rest kranker Zellen.
Das hat ja begonnen,
wusstest Du.
Auch darum hast Du die Möglichkeit genutzt,
schnell zu gehen,
als Du sie bekamst.

»Ich habe mein Leben gelebt«,
sagtest Du,
und Du lehrtest, was Du lehren konntest.
Es waren nicht Deine kleinkarierten Weisheiten
oder Deine einfache Weltanschauung;
es war das, was man Freundschaft nennt.
Du warst da,
auch wenn Du nicht verstehen konntest.
Wann immer ich Dich rief,
warst Du in meinem Rücken.
Es brauchte Jahre, um das zu begreifen.
Langsam hast Du gelehrt,
und ich habe langsam gelernt,

langsam, aber stetig,
langsam und sicher.

Du gingst,
hast Dein Leben gelebt.
Ich bleibe
und lebe mein Leben,
langsam.

Dann ist aber Schluss

Oder:
**Solltest du in Zukunft noch einmal behaupten,
in der Vergangenheit sei alles besser gewesen,
und das in meiner Gegenwart,
dann hau ich dir in die Fresse.**

Wenn ein junger Reimeschmied
Das Leid sich von der Seele nimmt
Und er dabei den Rhythmus flieht
Und es ihm aber so was von egal ist
Ob der auch nur im Entferntesten stimmt
       Dann ist aber Schluss

Wenn er sich dann Dichter nennt
Und in einer Reihe glaubt
Mit welchen, die er nicht mal kennt
Nicht inhaltlich noch überhaupt
       Dann ist aber Schluss

Denn diese hätten ihm gezeigt
Wo es langgeht, wer er ist
Die Meinung und den Marsch gegeigt
Das Maß erklärt, mit dem man misst
       Wirklich, jetzt ist Schluss

Achtet er nicht auf sein Versmaß
Studiert er nicht von früh bis spät
Reimt er »et« auf »ät« und das mit Spaß
Ja, dann, dann ist er kein Poet
    Ihr habt doch 'nen Schuss

Werte entehrte Gelehrte unter der Erde, die Fährte der
Gerte war die verkehrte, weil Härte die Herzen derer entleerte, die andere Werte verehrten, und mehrere Lehrer
die Fehler der Väter trotz sehender Mahner vermehrten.

Wenn ein arbeitsloser Trinker
Auf der Parkbank Riesling trinkt
Und als passionierter Stinker
In die Grünanlage stinkt
    Dann ist aber Schluss

Wenn das Geld, das er verschwendet
Aus dem Steuersack entschwindet
Er es nur für Wein verwendet
Mit dem er dann sein Sein verwindet
    Dann ist aber Schluss

Dann kommen Vorschläge der Reichen
Weil es dann endgültig reicht
Er solle ihre Boote streichen
Weil man ihm sonst die Heizung streicht
    Wirklich, jetzt ist Schluss

Sollte er nicht akzeptieren
Hätt' er damit akzeptiert
Dann im Winter halt zu frieren
Selber schuld, wenn er erfriert
      Ihr habt doch 'nen Schuss

Werte entehrte Gelehrte unter der Erde, die Fährte der
Gerte war die verkehrte, weil Härte die Herzen derer entleerte, die andere Werte verehrten, und mehrere Lehrer
die Fehler der Väter trotz sehender Mahner vermehrten.

Wenn sie über die Stränge schlagen
Wenn es diese Bengel wagen
Dich erst nach dem Weg zu fragen
Um dann »Hurensohn« zu sagen
      Dann ist auch mal Schluss

Wenn Gewalt zum Hobby wird
Gangsterrap zur Lobby wird
Wenn Asphalt gerötet wird
Und, wer hilft, getötet wird
      Dann ist aber Schluss

Dann beginnt das Überlegen
Früher hätt's das nicht gegeben
Dann beginnt die laute Hetze
Harte Hände und Gesetze
      Wirklich, jetzt ist Schluss

Keine Gnade für die Schweine
So wie früher an die Leine
»Handelt hier mal jemand endlich«
Und dann gibt's zwölfmal lebenslänglich
        Ihr habt doch 'nen Schuss

Werte entehrte Gelehrte unter der Erde, die Fährte der
Gerte war die verkehrte, weil Härte die Herzen derer entleerte, die andere Werte verehrten, und mehrere Lehrer
die Fehler der Väter trotz sehender Mahner vermehrten.
        Ihr habt doch 'nen Schuss!

Natürlich haben die sich dabei was gedacht
Aber eben mehr als »das wird so gemacht«
Nur, so sicher sich der Affe vorm Auto erschreckt
Ist, dass der Dumme sich hinter Regeln versteckt
Auch wenn er sie ganz anders versteht
Und weil sich mir bei dem Gedanken der Magen umdreht
        Ist jetzt Schluss

Weil ich freitags keinen Fisch esse
Du Bitchfresse
Und weil ich mich dann dafür nicht an den Tisch setze
Weil Autorität mir meistens suspekt ist
Und Alter allein kein Grund für Respekt ist
        Ist jetzt Schluss

Werte entehrte Gelehrte unter der Erde
Die Fährte der Gerte war die verkehrte
Weil Härte die Herzen derer entleerte
Die andere Werte verehrten

Sei es drum
Es ist ja nicht so, dass man mitmachen muss
Dreht euch ruhig im Grabe um
Aber für mich
                    Ist Schluss

Audiolink:
http://satyr-verlag.de/audio/roemer3.mp3

Phantomschmerz

Wie wunderschön dieser Tag ist
Wie schön es wär', mit Dir zu spielen
Wie schade, dass Du nicht da bist
Wie bittersüß, Dich zu fühlen

Ich werde Dir niemals die Schuhe zuschnüren
Ich werd mit Dir niemals nach Träumen fischen
Ich werd mit Dir niemals zu fliegen probieren
Ich werde Dir niemals die Tränen abwischen

Nie werde ich Dich tragen
wenn Du keine Lust mehr zu laufen hast
Nie werde ich Dich fragen
was Dir an mir gerade nicht passt

Ich werde Dir niemals beim Tanzen zuseh'n
Ich werde Dir niemals die Füße küssen
Ich werd mit Dir niemals Krieg nicht versteh'n
Ich werde Dich wohl noch lange vermissen

Wie wunderschön das Leben ist
Wie schön es wär', mit Dir zu spielen
Wie schade, dass Du nicht da bist
Wie bittersüß, Dich zu fühlen

Ich war einmal ein Kind

Ich war einmal ein Kind,
ein kleiner Junge im Kleid,
feierte Kaisers Geburtstag,
hob die Fahne in den Wind
und war bereit zu wachsen.
Wollte groß werden und stark,
lernte Lesen und Schreiben und Rechnen und Schießen.
Und dann schickten sie mich in den Krieg.
Für das Vaterland, für den Sieg,
und ich feierte Hitlers Geburtstag,
schwang den Arm hoch zum Gruß,
der Arm war noch stark, und ich war bereit zu kämpfen.
Sie schickten mich weit, immer weiter nach Osten,
und ich konnte lesen und schreiben, aber nicht russisch,
das erleichterte das Töten ein bisschen.
Aber die Schreie klangen überall gleich,
drangen mir ins Mark,
und aus den Verletzten floss rotes Blut, aus allen.

Und die Leichen rochen nach Verwesung.
Alle.
Ich las die Briefe von zu Hause,
»Du hast eine Tochter«, schrieben sie.
»Eine Tochter«, dachte ich, »ein Kind.«
Ich hatte vergessen, wie Kinder riechen,
roch immer nur Asche und Tod,
und ich konnte lesen und schreiben und rechnen und schießen,
und jetzt lernte ich schweigen und weinen und leiden.
Ich feierte keinen Geburtstag mehr,
die Zeit war verschwunden,
die Füße erfroren,
und wir aßen die Rinde von den Bäumen.
Als mich der Schuss in die Schulter traf, hoffte ich,
dass es endlich vorbei ist,
aber es lebte weiter,
lebte einfach weiter in mir.
Herzschlag
Atemzug
Herzschlag
Atemzug
Die Schwester im Lazarett wischte mir wochenlang
den Schweiß von der Stirn,
gab mir Brot,
endlich Brot,
kroch in mein Bett,
und wir wärmten unsere kalten Seelen

in der verschwundenen Zeit.

Nachts träumte ich vom Töten und vom Sterben

und von einem kleinen Mädchen,

aber in der verschwundenen Zeit gab es keine Hoffnung.

Der Krieg war verloren,

sie schickten mich mit steifem Arm zurück ins Feld,

zum Töten,

zum Schweigen,

zum Leiden

und zum Weinen.

Der Feind war jetzt nur noch der Hunger,

und ich tötete einen Bauern für eine Handvoll Kartoffeln

und hielt einer Frau mein Gewehr an den Kopf

für einen Topf.

Und kochte Kartoffeln

und roch Zuhause

und weinte und roch und aß.

Ich war einmal ein Kind,

ein kleiner Junge im Kleid,

feierte Kaisers Geburtstag

und hob die Fahne in den Wind,

war bereit zu wachsen, wollte groß werden und stark ...

Und ich roch

und aß

und weinte.

Weinte um den kleinen Jungen,

um den erschossenen Bauern,

um die verschwundene Zeit,

um die Schreie,
die Leichen,
die Arme und Beine und Därme,
um die vaterlosen Kinder und die mutterlosen Väter.
Um die ungelesenen Bücher
und die ungeschriebenen Briefe.
Und es lebte weiter in mir,
lebte einfach weiter in mir.
Herzschlag
Atemzug
Herzschlag
Atemzug
Der Kampf war vorbei, ich blieb einfach sitzen,
blieb sitzen und weinte, und sie fanden mich,
hielten mir ihre Gewehre an den Kopf,
trieben mich vor sich her.
Und ich konnte lesen und schreiben und rechnen und
schießen,
und jetzt lernte ich hassen und verachten und ergeben
und vergeben.
Und dann durfte ich heim,
längst heimatlos geworden,
zu einer Frau und einem Kind,
roch die Frau und roch das Kind
und kochte mir Kartoffeln.
Der Bruder war gefallen,
Mutter und Schwestern vergewaltigt,
der Vater versunken im Schmerz,

der Freund im KZ ermordet.
Ich kochte mir Kartoffeln und roch an dem Kind,
roch an dem Kind, so lange, bis die Zeit wiederkehrte
und die Seelen meine Träume träumten,
der Bruder und der tote Bauer,
die Frau mit dem Topf und der vergaste Freund.
Und da war ein Kind,
ein kleines Mädchen im Kleid,
wir feierten ihren Geburtstag,
und ihr Haar flog im Wind,
und sie war bereit zu wachsen,
wollte groß werden und stark.
Und sie lernte lesen und schreiben und rechnen.
Und es lebte weiter in mir,
lebte einfach weiter in mir.
Herzschlag
Atemzug
Herzschlag
Atemzug
Die wiedergekehrte Zeit machte sich breit,
breitete ihre Decke über die Vergangenheit,
brachte Bücher und Briefe und Autos
und Fernsehen und Waschmaschinen
und Instantkartoffelbrei.
Es lebte weiter in mir, immer weiter.
Geburtstage zogen vorbei,
das Kind wuchs und wurde stark,
und meine Augen wurden trüb und die Ohren taub,

und was die Zeit verbarg,
stieg wieder empor.
Es riecht nach Asche und Tod.
Das Tor der verschwundenen Zeit ist bereit,
sich zu öffnen,
und keine Schwester wärmt mir die Seele.
Was weiterlebte in mir,
gibt auf.
Mein Krieg war nie vorbei.
Ich lernte lesen und schreiben und rechnen und
schießen.
Und jetzt lerne ich sterben und verzeihen.
Mir Verzeihen.
Verzeih!
Ich war einmal ein Kind,
ein Kind,
ein Kind ...

Audiolink:
http://satyr-verlag.de/audio/roemer4.mp3

Es ist schön
(für C und E)

Es ist schön

Dass ihr mir zeigt, was Liebe ist

Es ist schön

Dass ihr nicht küsst
Nur weil Oma es sagt

Es ist schön

Wenn ihr fragt
Ob ich traurig bin

Es ist schön

Dass ihr Sinn
Für Humor habt

Es ist schön

Wenn ihr eingeschnappt
Die Lippen schiebt

Es ist schön

Dass ihr so viel liebt
Tanzen und Mamas und rennen

Es ist schön

Zu erkennen
Dass ihr einfach zu müde seid

Es ist schön

Dass ihr Streit
Aus vollem Herzen führt

Es ist schön

Wenn ihr berührt
Auf Bilder schaut

Es ist schön

Dass ihr vertraut
Was immer auch sei

Es ist schön

Dass ihr zwei
Mir eine Mitte gebt

Es ist schön

Dass ihr lebt

Für Gerlinde

Da hab ich Angst, dass ich mich verlier.
Das sagte ich auch hin und wieder und wieder zu dir,
wenn ich an Fragen verzweifelt bin;
etwa: Wo führt das Ganze noch hin?

Oder wenn ich bei einem nächtlichen Gelage
plötzlich mein Leben hinterfrage.
Die Zeit, die läuft weiter, tackticktacktick,
ich bleibe melancholisch zurück.

Reiß mich zusammen: »Herr Ober, ein Bier!«
Da hab ich Angst, dass ich mich verlier.

Erwache ich mittags in einem fremden Bett,
die Frau neben mir schläft friedlich, lächelt nett,
und ich dann zu überlegen beginne,
wie ich einem gemeinsamen Frühstück entrinne.

Weiß nicht, wie sie heißt, und weiß nicht, wo ich bin,
weiß nur: Ich will woanders hin!
Und sie wacht auf: »Warum bleibst du nicht noch hier?«
Da hab ich Angst, dass ich mich verlier.

Mein bester Freund hatte letztlich Liebeskummer,
er bat mich, ihm zu helfen beim Finden ihrer Nummer.
Er verbrachte mit ihr eine wundervolle Nacht,
und ich? – Ich hab ihn ausgelacht!

»Liebe nach einer Nacht, wie soll das geh'n?
Beim besten Willen, das kann ich nicht versteh'n!«
Da blickte er mich an und sagte zu mir:
»Manchmal hab ich Angst, dass ich dich verlier.«

ANGST, da hilft kein Berauschen, und es hilft kein
                                         Versinken,
statt wie ein Fisch im Wasser in meiner Menschlichkeit
                                         zu ertrinken,
sitz ich am Ufer und träume vom Fliegen.
Es ist so schwer, sich selbst zu besiegen.
Es ist so leicht, sich selbst zu betrügen.
Ich hab so oft Angst,
so oft Angst,
liebste Gerlinde,
dass ich mich
finde.

Leidenschaft

Ich sage dir »Bleib«
Und ich will, dass du gehst
Und ich weiß nicht, warum ich das tu
Und du schlüpfst aus dem Kleid
Du lächelst und drehst
Mir die schönste der Aussichten zu

Und ich vergess, was ich will
Und erst recht, was ich kann
Und ich berühre den Horizont
Und dann werd ich ganz still
Und frage mich, wann
Man für so was die Rechnung bekommt

Ich streichle dir tschüss
Schließe leise die Tür
Und prelle mal wieder die Zeche
Seitdem ich dich küss

Lasse ich nichts bei dir
Bin Eis, ohne Hoffnung es bräche
Ein klein wenig Liebe
Ein Stückchen Zuhause
Ein vertrautes Wort in der Nacht
Nur das, und es bliebe
Die tröstende Pause
Als die ich es da einst erdacht

Doch ich habe nichts übrig
Keinen Blick in die Ferne
Und auch morgen kein Frühstücksei
Und ich weiß, das ist üblich
Und ich hab dich auch gerne
Doch wenn ich weg bin, ist's wieder vorbei

Und so ist es auch besser
Egal, was du willst
Du weißt ja nicht, was du bekommst
Ein Untiefengewässer
Je mehr du hineinfüllst
Desto mehr deiner Liebe verkommt

Wird in Ängsten gefangen
Mit Zweifeln befühlt
Doch im Wesentlichen gemieden
Zwischen Hoffen und Bangen
Zu Tode gekühlt
Und kommt dann im Eisfach zum Liegen

Denn meine Liebe ist aus
Liegt woanders auf Eis
Und kann nichts und niemand beleben
Ging zum Brennen raus
Kam aufs Abstellgleis
Und ist für niemanden zu vergeben

Doch genieß ruhig den Moment
Leck Salz vom Pirat
Sei wild für ein Blinzeln der Zeit
Nur lasse mich fremd und etwas zu hart
Auch wenn das nach Tauwetter schreit

Denn das Falsche ist richtig
Soll und muss so sein
Und birgt eine riesige Kraft
Und die ist für uns wichtig
Wir würden ohne nicht sein
Denn alles, was uns hält

ist Leidenschaft.

Ich liege wach und weiß

nicht, dass ich nicht wollte

nein, wollen würde ich schon

wenn ich wüsste, dass es geht

aber weil ich weiß, es geht nicht

will ich einfach nicht wollen

und dann kommst du auf einmal

und sagst mir

nicht, dass ich nicht wollte

nein, wollen würde ich schon

wenn ich wüsste, dass es geht

aber weil ich weiß, es geht nicht

will ich einfach nicht wollen

und ich sage

keine Angst

man muss nur behutsam sein

muss aufmerksam und langsam sein

denn was gut werden soll, braucht seine Zeit

du stimmst mir zu, lehnst dich an, es geht dir gut

fühlst dich geborgen und verstanden
ich streichle deinen Kopf
dir die Haare aus dem Gesicht
beuge mich zu dir und sage: alles ist gut
du sagst nichts, erwiderst den Kuss
suchst meinen Blick
suchst Halt und findest ihn
der zweite Kuss explodiert in Leidenschaft
es ist sakramental
zur Seite gedreht, leise weinend flüsterst du
du hättest doch eh mit mir geschlafen,
warum muss es gleich so sein
ich umarme dich ganz
atme ruhig und sage: alles ist gut
der Krampf löst sich, und du schläfst ein
ich liege wach, werde unruhig
habe versprochen
bin verantwortlich
du träumst, irgendwo runterzufallen
und zuckst zusammen
ich fange dich, halte dich etwas fester
deine Hand greift nach meinem Arm
du murmelst: alles ist gut
und schläfst weiter
ich liege wach
und weiß:
das hier
wird ein Drama

Zu tief zum Schwimmen

Ich habe versucht, mich fallen zu lassen
Und dachte schon, ich fiele
Wollt nicht nach der Reißleine fassen
Wollte ungebremst zum Ziele

Doch ein unsichtbares Band
Wurd mir einst ans Herz gebunden
Von jemand, der den Zugang fand
Er zerrte dran und riss ihm Wunden

Die brennen leise noch heute
Denn ich hab sie nie wirklich geheilt
Manchmal ahnten sie Leute
Dann bin ich ins Weite enteilt

Denn ich hatte Angst vor den Schmerzen
Wenn man mir die Kruste nimmt
Die schützend wuchs am Herzen
Und dass dann die Welt nicht mehr stimmt

Es liegen so viele Sachen
Verborgen mit Atemnot
Und ich weiß, ich muss etwas machen
Sonst sind sie in Bälde wohl tot

Und die meisten sollen nicht sterben
Sie war'n schön, vor 'ner Ewigkeit
Jetzt müssen sie lautlos verderben
Sie blühten zu nahe am Leid

Ob ich wohl den Weg dorthin find
Um einfach zu ihnen zu geh'n
Um zu sehen, welche sterbenswert sind
Und die anderen mit mir zu nehmen

Ich weiß ... das geht leider nicht
Nur das Gute holt man nicht vor
Es muss leider alles ans Licht
Doch fürcht ich mich noch so davor

Und du sitzt vor mir, tief verletzt
Und ich kann dir nichts sagen
So war es oft, so ist es jetzt
Ich will es nicht ertragen

Hätte irgendjemand dir
So wie ich's tat, wehgetan
Wär' ich sicher außer mir
Und täte ihm was an

Liebste, beide scheitern wir
Beide scheitern wir
An mir

Audiolink:
http://satyr-verlag.de/audio/roemer5.mp3

Optische Täuschung

(für Frau R.)

Du hast ein Bild gemalt
Ein Bild, bei dem Du Dich hast führen lassen
von irgendetwas in Dir drin
Dein Wunsch nach Freiheit sollte darin sein
Und ich schaue es an
Sehe Dich und Deinen Mann
Von dem Du Dich getrennt hast vor langer Zeit
Das hast Du gesagt und es Dir sogar geglaubt ... glaub ich
Dein Mann, mit dem Du nach wie vor verheiratet bist
Nur dass ihr jetzt eine moderne Ehe führt
Und ich sehe mich
Am Bildrand
Sehr klein
Ich bin erschrocken
Er sollte doch da an die Seite gemalt sein
Und ich in der Mitte
Wir ähneln uns etwas auf dem Bild
Aber es ist deutlich zu erkennen, wer welcher ist

Ich sage Dir
Dass ich gut finde
Wie deutlich Du Stellung beziehst
Ungläubig siehst Du mich an
Du bezögest keine Stellung
Das Bild sei reine Intuition
»Dann«, erwidere ich, »finde ich gut
dass Du Dir dieses Thema ausgesucht hast«
du fragst mich, wovon ich spreche
»von dir«, sage ich, »und ihm und mir«
Du schaust, als hätte ich Dich mitten in der Nacht
aus dem Tiefschlaf gerissen
Und behauptest apathisch,
auf dem Bild seien keine Menschen neben Dir
Ich zeige Dir, wo er ist, und ich zeige Dir, wo ich bin
Und Du siehst uns beide
Reißt das Bild von der Wand
Rennst aus dem Zimmer und versteckst es irgendwo
Wo es niemand sehen kann
Kommst zurück
Und hast Angst vor dem
was ich gesehen haben könnte
und was Du sehen wirst

Und ich beginne, die Augen zu schließen
Wie soll ich verstehen
Wenn Du es nicht tust
Wie soll ich nicht zurückschrecken

Wenn Du es tust

Male

Sage ich

Male

Schöne

Deine Bilder sind wundervoll

Male

Und schaue

Deine Bilder an

Schau sie

Alle

Auch die, die Du von mir maltest

Und wenn Du sie verstanden hast

Vielleicht irgendwann

Dann komm doch vorbei

und schreibe

ein

Gedicht

über

mich

Fleisch

Du sagtest
Du habest mir Deine Liebe
In die Hand gelegt
Gleich einer kleinen Blume
Und ich habe sie verdursten lassen
Das stimmt so nicht!
Du hast mir Deine Liebe
Ins Gesicht geworfen
Gleich einem rohen Stück Fleisch
Und da ist sie dann verwest

Es ist schön

Es ist schön

Aufzustehen, wann man will

Es ist schön

Wenn man ganz still
Ein Katzenfell berührt

Es ist schön

Wenn man einfach die Zeit verführt
Sich freiwillig zu geben

Es ist schön

Wenn man Spinnenweben
Aus der Nähe betrachtet

Es ist schön

Wenn man achtet
Was einem zufliegt

Es ist schön

Wenn man kriegt
Was man nicht verdient

Es ist schön

Wenn man sich den Weg vermint
Der Rückschritt bedeutet

Es ist schön

Wenn jemand zum Essen läutet
Und man selbst ist gemeint

Es ist schön

Wenn sich vereint
Was sich nicht vereinen muss

Es ist schön

Wenn ein Kuss
zum Knutschen mutiert

Es ist schön

Wenn ein Kleinkind probiert
Wie Oliven schmecken

Es ist schön

Dich zu
        lieben

Relativitätstheorie

Ach, wie schön wär' doch das Leben,
würd's keine Brötchenkrümel geben.

Ach, wie furchtbar wär' das Leben,
würd's auch Tomatenkrümel geben.

Es ist halt alles relativ,
hässlich gerade, herrlich schief.

Das Kamel

Im Tiergehege ein Kamel,
das zum Leben nicht sehr viel
außer etwas Wasser brauchte,
weil's gern Wasserpfeife rauchte,
bekam Sehnsucht nach der Wüste
und meinte, man müsste,
karawanenartig reisen
in das Land der weisen
Ahnen, an die es manchmal dachte,
meistens mittags gegen achte.
Doch ehe es die andern überzeugte
beäugte
es das gute Gras,
nicht welches, das es aß,
und sah die Problematik redlich:
In der Wüste Pflanzen – geht nicht!
So stopft es seine Pfeife voll,
raucht, fällt um und fühlt sich wohl.

Chaos total

Ja, im Sommer 1995,
in dem Sommer, in dem ich
meine erste feste Freundin,
erste Erfahrungen mit Öl und Benzin
und meine erste Platte
feinstes Dope geraucht hatte;
ja, in dieses Sommers August
fuhr ich, mir der Folgen nicht recht bewusst,
mit Lutz nach Hannover,
wo eigentlich nix los war,
aber wir hatten im Fernsehen
diese Punkrockparty gesehen:
dieses Inferno an der Leine,
die Stadt in bunter Hand, und keine
grüne Staffel, die
nicht in die Knie
gegangen ist,
und zur Primetime ein blutender Polizist,

Lutz hatte damals auf den ersten Blick
lange Haare, aber mit etwas Geschick,
'ner Dose Haarlack und 'nem Haufen Zeit
wurden sie zum größten Iro weit und breit.
Meine Haarpracht war grün und rot,
uneingeschränkt wünschten wir Bullen den Tod,
Dosenbier war unsere Hauptnahrungsquelle,
wir wussten um das Gesellschaftsgefälle
zwischen Reich und Arm,
sind auf alle möglichen Konzerte gefahr'n,
unsere Helden hießen *Strohsäcke* und *Toxoplasma*,
und so sagte ich: »Alter, lass ma'
morgen 'n Wochenendticket kaufen
und unser Bier in Hannover saufen!«

Gesagt, getan. Zwei Männer, ein Wort:
Zwölf Stunden später war'n wir dort.
Doch begann das Ganze ziemlich doof,
als wir mit zwanzig anderen Punks am Bahnhof
frohen Mutes und bierselig ausstiegen,
um endlich die Staatsmaschinerie zu besiegen,
stand die schon vorm Zug; mit circa hundert Mann
und nahm uns freundlich in Empfang:
Ausweiskontrolle, Stadtverbot, in 'nen Zug nach Haus.
Und ich sagte:
        »Lutz, im Fernsehen sah das anders aus!«
»Ja«, sagt der,
»aber im Fernsehen war auch nix vom Bahnhof zu seh'n,

weil da von Anfang an nix abging,
die sind alle in der Stadt drin.«
Das leuchtete ein,
und weil mir Bremsen notwendig schien,
beschloss ich, die Notbremse zu zieh'n.

Wir befanden uns mittlerweile in einem Vorort der Stadt,
der in etwa so viel Charme hat,
wie eine fette Sau springt,
aber durch seine Trostlosigkeit bedingt,
jede Menge Faschos wachsen lässt,
und fünf Geschwüre der braunen Pest
mit Springerstiefeln, Nassrasur,
Bäuchen Marke Starkbierkur,
mit lustigen Kampfhundtätowierungen
und Narben als Gesichtsverzierungen
verstellten uns alsbald den Weg.
Mein erster Gedanke:
Oh Dreck! Nix wie weg!
Ich drehte mich auf dem Absatz um,
um, so schnell es ging, zu laufen,
da hörte ich links neben mir:
»Widerstand und saufen!«
Mit einer Dose »Hansa« schlug Lutz
wahllos auf den Fleischberg ein.
Okay, dacht ich, es muss wohl sein.
Es ging sehr schnell und grad noch gut,
Lutz' Rippen war'n geprellt,

aus meiner Nase schoss das Blut,
aber ansonsten kamen wir aus der Sache ganz gut raus.
Und ich sagte:

>>Lutz, im Fernsehen sah das anders aus!<<
>>Ja<<, sagt der, >>aber im Fernsehen war auch nix von den
Vororten zu seh'n,
halt dich gerade, lass uns geh'n!<<

Nach circa drei Stunden Fußmarsch,
kauften wir uns einen Stadtplan
und kamen alsbald an der Stelle an,
wo stimmig mit Passantenaussagen,
die Chaosbrüder rumlagen.
Es folgten des Tages schönste zwanzig Minuten.
Meine Nase hörte auf zu bluten,
aus einem Ghettoblaster dröhnte *Slime*,
und ein Punk aus Bremen lud zum Bier ein.
Zwanzig Minuten Spaß,
das war's.
Denn dann störte die Runde mit Gerstensaft
eine Hundertschaft.
Mit Knüppeln und mit Tränengas
trieb man uns aus dem Park heraus,
und ich rief:

>>Lutz, im Fernsehen sah das anders aus!<<
>>Ja<<, sagte der, >>im Fernsehen
hat's echt anders ausgesehen!<<

Vierzehn Stunden war'n wir noch da,
und nichts rückte das Fernsehbild wieder klar,
eher das Gegenteil war der Fall.
Aber guckt mal, so ist das doch immer überall:

Wir werden belogen, tagein, tagaus,
und holen uns die Kisten auch noch selber ins Haus.
Leute, schmeißt eure Fernseher raus,
denn die Wirklichkeit

...

Audiolink:
http://satyr-verlag.de/audio/roemer6.mp3

One-Night-Stand

Mensch, wie soll ich das bloß machen
Geistreich reden, schüchtern lachen
Muss man vielleicht ganz entgleisen
Und sie einfach an sich reißen

Kann man sie mit direkten Blicken
Dazu bringen, nett zu nicken
Auf die Frage nach 'nem Kuss
Oder ist das alles Stuss

Nur ab und zu mal eine Nacht
Ich will doch gar nicht mehr
Mensch, es wäre doch gelacht
Wenn das so schwierig wär'

Einfach so mal eine fragen
»Schönes Fräulein, woll'n wir's wagen?«
Das Blaue ihr vom Himmel lügen
Eine abfüllen, dann verführen

Doch im Bett, wenn das denn geht
Ist die Frage, ob er steht
Und wenn, nur mal so angenommen
Weiß ich's morgen nur verschwommen

Nur ab und zu mal eine Nacht
Ich will doch gar nicht mehr
Mensch, es wäre doch gelacht
Wenn das so schwierig wär'

Du! Wunderschöne Maid
Hast Du heute Abend Zeit
Der beste Liebhaber bin ich
Ich sehe schon, dass glaubst du nicht

Zu großes Maul kommt auch nicht gut
Scheiße, mich verlässt der Mut
Mann, das ist so kompliziert
Warum fast jede sich da ziert

Nur ab und zu mal eine Nacht
Ich will doch gar nicht mehr
Scheiß drauf! Dann wird's von Hand gemacht
Das wird hier eh nix mehr.

Warnung

Es war einmal ein Jüngling von etwa dreißig Jahr'n
Dem ist am Wochenende was Schlimmes widerfahr'n
Ich glaube, es war Freitag ... Wochenende jedenfalls
Da ging er wie meistens aus und auf die Balz

Er hatte gute Laune und alles, was man braucht
Hatte was getrunken und auch etwas geraucht
Der Abend, der lief gut, er hatte manchen Flirt
Er hatte viel geredet und wenig zugehört

Und als er gegen morgen dann vor der Disco stand
Kam eine gute Freundin, die er schon lange kannt'
Sie redeten und lachten und hatten sehr viel Spaß
Sprachen von dem Abend und noch so dies und das

Und während sie das taten, wurde beiden plötzlich klar
Dass an diesem Morgen viel mehr noch möglich war
Da waren diese Gesten und so mancher Blick
Flüchtige Berührungen, und es machte »klick«

Es war nicht etwa Liebe, was sie auf einmal grüßte
Es war pures Verlangen, Schwanz und Arsch und Brüste
Was sie auf einmal interessierte
Und schließlich raus zum Waldrand führte

Sie zeigten sich meist sehr vertraut
Und heute auch noch sehr viel Haut
Sie vögelten wie wild, nahezu bestialisch
Sie kniete auf dem Boden, er dahinter animalisch

Und im Rausch der Sinne vergaßen sie die Welt
Sie waren zuckendes Fleisch, waren Glas, wenn es fällt

Jetzt müssen wir springen, ein paar Stunden zurück
Räumlich auch, aber auch hier nur ein Stück
Ein paar Ecken weiter, zwei, drei Straßen
Da wollte sich Sven mal so richtig wegblasen

Sven, das war ein Raver, das war voll bequem
Da konnt' man alles machen und musste zu nix steh'n
Das war so easy livin', relaxed und unpolitisch
Genau richtig für Sven, denn er war selten kritisch

Und eben auch nicht gegenüber dem
Was er für den Abschuss vorgeseh'n
Jedenfalls trank Sven zunächst Engelstrompetentee
Zog dann zwei Gramm Koks und nahm LSD

Eigentlich klar, dass man so was nicht macht
Aber wie schon gesagt: Sven hat selten gedacht
Und dass er dann gepeinigt von Visionen
Die ihn umzubringen drohen

Mit einem Messer in der Hand
Laut schreiend im Wald verschwand
Das, so finde ich
Verwundert auch nicht sonderlich

Sprung zurück
Sein Wunsch sei es, beim Sex zu sterben
hat der Jüngling mal gesagt
Und Sven kam dem jetzt nach, stach zu gezielt und hart
Das Messer drang links unterm Schulterblatt hinein
Durch die Rippen hindurch bis ins Zwerchfell rein

Es war mehr ein Stöhnen, kein richtiger Schrei
Das Glas war zerbrochen, und die Nacht war vorbei
Und darum warn ich euch heute, dass ihr so was nie tut
Denn Sex unter Freunden tut dem Herz selten gut

Es ist schön II

Es ist schön

Abzugehen, wann man will

Es ist schön

Wenn man ganz still
Ein Vorurteil enttarnt

Es ist schön

Wenn man warnt
Dass man sich gleich unsterblich verliebt

Es ist schön

Wenn man gibt
Was man gar nicht hat

Es ist schön

Wenn man matt
Sitzt und angreift

Es ist schön

Wenn man reift
Beim Kleinerwerden

Es ist schön

Durch Gebärden
Zu sagen: »Es war eine wundervolle Nacht
Und ich werde nie den Moment vergessen, in dem du
Auf dem Rücken lagst und deine Arme hinterm Kopf
Kreuztest, um dich küssen zu lassen!«

Es ist schön

Anzufassen
Was unantastbar ist

Es ist schön

Wenn man jemanden vermisst
Der morgen wiederkommt

Es ist schön

Wenn man bekommt
Was einem zusteht

Es ist schön

Wenn meine Welt sich dreht
Und ich weiß, ich hab einen Hafen

Es ist schön

Mit Dir zu
              sein

Danke:

Ich danke den Menschen, die beim Entstehen dieses Buches beteiligt waren: Volker Surmann, Sarah Bosetti, Lars Ruppel, Andreas Wild, Marvin Ruppert, Jan Freunscht, Mirco Drewes, Marc-Uwe Kling und Henning May, allen Menschen, die in den Texten beschrieben sind und die mir aufzuzählen unmöglich ist und meiner großen, starken Familie, die jegliches Schicksal mit erhobenem Haupt und Liebe trägt.

Felix Römer
Berlin, Juli 2015

86 Texte – 55 Autorinnen und Autoren, darunter 18 Deutschsprachige Poetry-Slam-Champions – 20 Jahre Poetry Slam in Deutschland – 1 Sprache

Zum zwanzigsten Jubiläum der deutschsprachigen Poetry-Slam-Bewegung stellt diese Textsammlung die Sprache selbst in den Mittelpunkt.

Mit Beiträgen von Nora Gomringer, Marc-Uwe Kling, Bodo Wartke, Sebastian Krämer, Julian Heun, Theresa Hahl, Sebastian 23, Patrick Salmen, Lars Ruppel, Andy Strauß, Pierre Jarawan, Volker Strübing u. v. a. m.

Buch inkl. 22 Links zu Audio-Files: ausgewählte Texte, von den Poeten selbst vorgetragen.

Bas Böttcher, Wolf Hogekamp (Hrsg.)
Die Poetry-Slam-Fibel
Klappenbroschur, 288 S., 14,90 €
ISBN: 978-3-944035-38-3